云　　使　　之　　歌

梵澄译丛·主编闻中

云使之歌

［印］迦梨陀娑　等著

贾勤　译

广西师范大学出版社
·桂林·

顾 问
（以姓氏笔画为序）

王志成
毛世昌
卢 勇
乐黛云
孙 波
孙向晨
杜伽南达
吴学国
张颂仁
高世名

总顾问
高世名

主 编
闻中

目 录

上 部
卷一　云使 \ 003

下 部
卷二　安陀迦颂 \ 069

赞 曰

大过不过

闻一知中

不一不亥

方得始终

所谓净土

成其天功

新痕立雪

九译虚空

上部

卷一

云 使

[印度]迦梨陀娑 著

贾勤 译

---- ✳ ----

献给

徐先生梵澄（1909—2000）

金先生克木（1912—2000）

感谢

罗鸿老师指引

前　云

○ 罗摩山

1

　　当初　有位守护夜叉一时疏忽

　　帝释天的大象遂踏坏了天神主人的园林

　　因负诅咒　失去神力　远离爱人

　　要在南方罗摩山中省持静修一年

　　那山中的纳美树影密密重重

　　流有祝福的清池　阇那迦王的女儿

　　罗摩的爱妻悉达曾经沐浴

2

　　这多情之人一旦与爱人分别

　　如何煎熬那山中岁月

　　不胜憔悴　任它赤金环饰臂间滑落

雨季的第一个月里

一片灵云如使者涌上峰巅

恍似巨象游戏取乐

触动了七月的愁绪

3

这位毗沙门天的仆人思绪飞动

在灵云之下　吞忍相思的泪水

良久怅望　恨托浮云

幸福的人也无法从容劝解

那雨云之中饱含着多少深情

渴望爱的种子

如今却是远方无言的客人

4

雨季的第二个月悄悄逼近

爱人的消息谁来传递

夜叉布置鲜花

亲切呼唤　礼敬灵云

还望载雨之云体谅私心

祈求行云之际也带上祝福

转告她一切平安 莫要憔悴了

5

而行云飘忽 仅仅是

烟光水风的偶然凑泊

不足以像口舌那般转达音讯

可怜的天神的仆人密迹天夜叉

此刻在激情中不能自拔

爱恨深沉的当局者心已麻木

自然托付 怎能分别世间有情无情

6

我知道 我知道

你是帝释天因陀罗的爱臣

千变万化 生于载雨灵云之家

我因运命强权一时寄托无涯

远离爱人 故而请你带话

向智者求虽无所得

亦胜过向无知者求有所得

7

灵云啊　传情达意

焦虑煎熬中的人仰望你

毗沙门天的怒火使爱人们分离

请你到凯拉什山中的阿罗迦城

夜叉之主安住彼间

主宰生灭的畏友湿婆大神

以顶上月华照耀郊原

8

此时　一切离别中的妻子祈盼你

望着你缓缓升驻天空　她们安心祷告

盘好散乱的秀发不再叹息

情人们有你守护

谁忍心冷落疏离自己的爱侣

没有这般无情的人

除非像我一样不得已

9

遂人心愿的顺风吹拂
气流推动着你前进
你的伙伴等雨燕的叫声
吉祥地从左边传来
云中鹤群将在雨季受孕
在空中列队向你致意
随着你飞行

10

啊　行云无阻　一路畅达
你必能看到兄弟的妻子
依然如故
在家中计算别离的日期
她柔弱的心曾经破碎
好似朝花凋零
但希望的长绳给她信心

11

你孕育饱满的雷声

让万物震动　蕈菌丛生

纯洁的雁王听到这召唤

于玛纳斯湖振翅起飞

一路非莲芽不食

陪伴你空中风迹

直至积雪巍峨的凯拉什山

12

此刻怀抱雪岭　向老朋友致敬

罗怙王族的祖先英雄罗摩

曾在此山居住

年复一年　每当雨季来临

云与雪相遇而降下暖雨

仿佛倾诉久别离绪

真情告白抛洒热泪

13

播洒雨露与爱意的灵云啊

请听我讲　你一路向北

正好可以为我带信

离别的激情令人沉醉

拜托你了

若是累了　请静憩于群峰之巅

若是渴了　请畅饮融雪的山泉

14

悉檀仙人天真的妻子

惊讶地望着你

莫非是飓风卷走一座奇峰

从芦苇丰饶的南方

北向迁移

在路上你要避开

镇守八方的空中神象

15

东方　奇彩绚烂

蚁封山巅亮出一段彩虹

仿佛摧魔者因陀罗的弓弩

你乌云带雨

的身躯焕然神采

正如牧童装扮的毗湿奴大神

戴上酷炫的孔雀翎

○原野

16

庄稼的收成全靠着你

纯朴的农妇不懂眉目传情

却用饱含泪水的眼睛仰望你

降雨之后　观临原野

那新开的田地欣欣向荣

这时你迈着轻盈的步子

稍稍向西　再转向北

○阿摩罗山

17

你曾以急雨扑灭过阿摩罗山的大火
行脚疲倦时
这座芒果之山定然会托着你休息
心念旧恩
老友重逢
纵使卑微的人也懂得报恩
何况崇高如此的巅峰

18

果实累累的芒果树林
覆盖着阿摩罗山
此时　你这饱含雨水的灵云
栖身峰巅　玄黑如发髻

而遍山周匝金黄深浅

仿佛大地的巨乳

博得仙侣们垂青

○热瓦河　宾陀山

19

如此稍息

然后辞别林居山中的女子

降雨之后　总是以更加轻盈的步履

顺利启程

你将看到播撒欢乐的热瓦河水

在宾陀山间跌宕分流

恰似纵横的彩线交织于象体

20

宾陀山间发情的野象的津涎

融入热瓦河水

瞻部丛林缓冲着她奔涌的热情

你吐故纳新　贯饮这微涩的河水

岂能任风摆布

虚空难免轻浮

饱满自然持重

21

嫩蕊商量的迦昙波花青黄交映

野芭蕉初放于沼泽边地

看尽雨季花信

又被林地中烧痕处处的沉香吸引

蜂群鹿种象类

一路追随你行云布雨

觅食交配

22

朋友啊　我知道

为了我的妻子你愿意急行

但你的消息　云中轻雷

已惊动了密友孔雀

她忍泪歌唱　起舞向你致敬

何况还有一切花香云峰的挽留

我不忍催你赶路

○陀沙罗那

23

陀沙罗那的羯多迦花已然开放

田园点缀着晕黄

鸟群啄食祭品

营栖于社树

阎浮提果悬空成熟

天鹅也在此间徘徊

陀沙罗那欢迎你

○四维城　卫女河

24

然后你将途经

八方闻名的四维城

那里　有情人的布施慷慨无度

更请畅饮那卫女河水

她秀浪拍岸　回空传声

发送密意缠绵的妙语

仿佛春颜不展的美人

○下峰

25

你若倦了

就在四维城边的下峰休息

山中怒放的迦昙波花

与你欣然相对

这花香恰似

山间游女行乐时的香气

见证城中人放纵的青春

26

你重振精神　布施新雨

园林水边的茉莉初吐苞蕾

你遮挡骄阳

为采撷鲜花的少女送去清凉

刹那间抹去她们额头的汗滴

而她们鬓间青莲已然憔悴

一如转瞬即逝的华年

○优禅尼城

27

此行北去

虽然路途曲折

但也千万别错过优禅尼城

繁华的楼台观阁

千万别错过

城中美人因闪电而惊眩的媚眼

千万别辜负此行

○离宾陀河

28

浪涌波推

呢喃追逐的鸿雁仿佛她的腰带

善解风情的离宾陀河荡起

她旋流中的脐心

你们此番相遇

定有别样的滋味

少女魂销于最初的娇媚

29

怨雨尤云　你离开后

离宾陀河渐渐憔悴　流细如辫

两岸树叶飘零

妆点她苍白的面容

可是　幸运的灵云使者啊

别后长长的相思祝福你

唯有你可以重新赐予她丰盈

○阿槃提　优禅尼城

30

到了解脱圣地阿槃提

村中老辈定然会讲起

优陀延王与优禅尼公主的爱情遗事

你即将进入吉祥天城优禅尼

仿佛尘世福报的奇迹

人间与天堂偶然相应

建起一座繁华的城池

○息般河

31

息般河水在黎明时分

带着水鸟的喧鸣

吹展放香的荷花

仿佛软语求欢的情人

抚慰那

优禅尼城中

放纵过后的倦怠

32

城里万家窗棂间

散出阵阵薰发香雾

充盈你的躯体

而庭院中的孔雀也在献礼时

载歌起舞

你且休憩于

美人处处留下胭脂的楼台华顶

○凝香河

33

因为你恰似

湿婆尊主青黑的颈色

侍从部众敬畏仰望你

去到三界愤怒尊主的殿宇

风中的凝香河水带着青莲

带着求福沐浴的女子的香气

带着众香吹拂神囿

34

持雨的灵云使者啊

你将到达摩诃迦罗

在虚静一如的时空神殿

请专心守候黄昏降临

奉祀执戟尊神湿婆时

你的雷吟堪任司鼓

你将得到无上果报

35

黄昏中献舞的神女

顿足引起饰品的鸣响

拂尘柄照映着流光殷勤致敬

以至于纤手倦怠

此时　你以新雨

抚慰她们爱的甲痕

赢得蜂群般飞动的瞩目

36

夕阳中的你

红如初放的蔷薇

环绕着湿婆丛林般的手臂

祭舞开始了　你平息了畜主尊神

对血淋淋的象皮的渴望

湿婆的妻子雪山女神不再恐惧

她凝视着你的虔诚

37

深夜　城中女子一心赴约

天空却笼罩在只有针尖才能

刺破的黑暗里

如同试金石上划出的金线

请你用闪电为她们照亮前程

但不要打雷下雨

不要惊吓她们

38

闪电夫人照耀久矣

就请在鸽子安眠的屋顶休息吧

度尽寞寞大夜

太阳升起后

再奔赴剩余的旅程

当初的允诺

不要延迟

39

太阳升起后

情人们眼中的泪水

等待擦拭

你要让开太阳上升的路径

他要抚慰丛莲思念的清露

此时你若遮住阳光

情人们也会发怒

○深河

40

深河之水明彻如心

你投下了一抹倩影

就与她自在同流

跃起的银鱼仿佛她的顾盼

莫要辜负了

这洁白如同睡莲的眼神啊

它转瞬即逝

41

朋友啊　你低低下垂

岸边的芦苇仿佛触手

撩起深河的绿衣

她丰满的臀部双腿

一览无余

爱情引诱着你

何忍放手掉头

○提婆神山

42

大地因你的赐予

发散深沉的香气

惠风穿林　无花果成熟了

象群在风中嬉戏

鼻孔间发出悦耳的响声

你赶往提婆神山

惠风缓缓地吹送

43

战神鸠摩罗就住在那里

请你以花雨向他致敬

用天河浸润的雨花为他沐浴

为了拯救因陀罗的军队

月冠者湿婆投入自己的精华

在祭火中锻生救星

他的光华超乎日月

44

战神的坐骑孔雀

脱落了斑斓的翎羽

雪山母亲爱子周全

别了一枝在青莲装饰的耳边

此时　湿婆月冠的光华

迎照着孔雀的眼角

你以山中回响的雷鸣伴她起舞

○牛牲河

45

拜辞了苇丛中出生的鸠摩罗

你继续行程

抱琴的悉檀仙人让开道路

他们害怕雨云打湿了琴弦

请注意　你要停下来

向月亮族的国王悦神王敬礼

滔滔牛牲河水传颂着他的声名

46

仿佛截取了持弓者黑天毗湿奴的颜色

你俯下乌黑的身体取水

牛牲河水虽然盛大

远观却不然

来往空中的神灵注目赞叹

好似大地上一条珠链

镶嵌着黑蓝的宝石

○陀莎卜罗城

47

饮别牛牲河水

你飘移莅临悦神王的都城

这陀莎卜罗城中的女子

眸子撩人

她们顾盼时的眉眼

仿佛追逐白茉莉的黑蜂

你带给她们多少惊喜

○梵住　俱卢郊原

48

随后　你将影子投射到

圣地梵住

去巡视俱卢郊原的古战场

般度族子阿周那曾以神弓

向众王倾泻利箭

正如你用无穷的雨点

击打青莲的叶面

○妙音河

49

推却映射爱妻热瓦蒂俊眼的美酒
波罗罗摩
这位顾念亲情而斥责争战的扶犁者
痛饮妙音河水
如今　我也祝福你
以乌黑的身体品尝此水
营养澄澈的内心

○羯那恪罗　恒河

50

行至羯那恪罗附近
查赫奴的女儿　恒河
从山王喜马拉雅降下
她是沙迦罗王族净业的梯乘

飞流溅沫　仿佛窃笑

雪山女神怨怒的神情

众流依托发髻　欣然汇入湿婆的月冠

51

你舒展身体

如悬空守方的神象那般

想要畅饮恒河之水

你的影子会先映在水

时空错幻　那一刻

浑黑的雅母那圣河

与澄澈的恒河仿佛在此交汇

〇喜马拉雅

52

到了恒河的源头　喜马拉雅

山间留有麝鹿的脐香

你歇在皑皑雪岭

除尽旅途的劳倦

你神采焕发

好似三目神湿婆的白牛翻地时

点在头上的黑土

53

如果桫椤树枝摩擦而起的星火

因风扩展

飞溅的火花伤及牦牛走兽

天火侵害折磨着喜马拉雅

请你务必以猛雨

平息此难

有德者高尚的功业因此而显著

54

你在山中让出一条道路

而骄横的八足神狮

仍然会攻击高高在上的你

反倒损害了它们的肢体

你倾泻密集的雹雨

在雷鸣中驱散它们

警告蒙昧者徒劳的亵渎

55

那山间石上还清晰地留着

月冠者湿婆的足迹

信奉凡圣恒时献祭

你也要绕行致礼

瞻仰足迹者有福了

消尽业罪　虔诚捐弃肉身之后

成为神的不死的侍从

56

和风吹送

竹林中溢出沉醉的乐音

紧那罗女子歌颂

湿婆征服三城

那时　你回荡在岩穴中的雷鸣

若能充作鼓声

赞咏兽主湿婆的乐府就此圆成

○谷禄峡

57

乘危迈远　你饱览雪山胜景

来到那成就持斧罗摩威名的谷禄峡口

天鹅从此飞往玛纳斯湖

俊黑健美的你

耸身继续北行

仿佛毗湿奴降伏魔神勃力时

腾跃的黑足

○凯拉什山

58

北方以北　凯拉什山横空出世

请你在此做客小住

十面神王当初振臂措置群峰林立

三十三天的神女以之为镜

峻极的莲峰遍绕天穹

仿佛是三目神湿婆

在洁白的长笑①中积淀堆成

59

看着依山上升的你

纯黑好似涂眼的膏蜜

那雪峰此时如同

新折的象牙

凝神静观这天然的美

恍如扶犁者波罗罗摩

---

① 在梵语文学中，笑总是被比作白色。——罗鸿注

肩上的玄披

60

雪山女神在山间嬉戏

湿婆褪去了巨蛇镯饰

挽着她的手

上升同游

你凝结体内蒸腾的水汽

化作方便的阶梯

接引她玩阅珠峰雪岭

61

那儿　凯拉什山的天女

定会以首饰的边锋撩弄你

诱你降雨　利用你如洗浴的工具

朋友啊

你随夏季而来无法躲避她们

你可以布控惊雷

震慑她们的喧闹

○玛纳斯湖

62

酌饮荡漾着金莲花的玛纳斯湖水

你随意奉送阴凉

娱乐因陀罗的神象

带着雨点的轻风

吹动如愿树的枝条

吹动这凯拉什山的衣裳

云啊　你与云影一起畅享美景

○阿罗迦

63

逍遥如愿的云啊

山中的阿罗迦仿佛倚在爱人怀里

下降的恒河是她滑落的丝衣

相见时不会感到陌生

她以七重高阁承迎

你充满雨水的乌云

像是美人头顶结盘珠络的发型

后　云

○阿罗迦城

64

云中闪电　神弓彩虹

追随着深沉的雷吟

你崇高无量　内含净水

宫里美人　奇彩画图

歌咏时不息的鼓点

她宝阁飞殿　上出重霄

阿罗迦城种种繁华足可与你抗衡

65

阿罗迦的女子秋季持莲

霜季发间斜插冬茉莉

寒季则以罗陀花粉敷面

春季折古罗波鲜花插髻

夏季则耳旁有夜合花

而今　妆点发髻的是

你在雨季催开的迦昙波花

66

那儿　阿罗迦城中

夜叉们和美女相伴

在水晶铺地的台阁

畅饮如愿树汁酿造的爱果酒

星光彻底　花面相映

打起缓急从容的鼓点

仿佛你低沉的雷吟

67

河边的曼陀罗花荫消尽暑热

迎着天庭恒河之水冰过的凉风

城中女子

挣脱了爱人的怀抱

云啊　你变身移影

月亮宝石般的光芒重临

抚照她们青春的倦怠

68

像你一样的云

被不息的风所推动

引送至城中的七重宝阁

因饱含水汽而潮损了彩图的晖烈

而后　它好似受到惊吓

巧妙化作烟霭

从窗棂间散形

69

城里　热望中的爱人

用鲁莽的手解开

唇色赤好如频婆果的女子的衣带

盛开的灯盏光焰逼人

伊人们羞恼地抛掷香粉沙粒

想要扑灭刺眼的灯光

不料却总是徒劳

70

太阳升起时

幽会女子在夜里的行踪完全暴露

她们穿行于城中

发间的曼陀罗花随时坠落

耳旁的波多罗嫩叶　金莲花

珍珠发饰一路纷纷

断线的花环碰到乳际

71

大神湿婆常驻在阿罗迦城

扰意者爱神知道他是

财富主毗沙门天的密友

遂不敢轻举他的蜂弦神弓

只能巧借妙解风情的女子

以从不落空的恋爱送眉投眼

助他神守功成

72

城中　财富主殿宇的北方

正是我家

你老远就能看见

拱门飞动　仿佛神弓彩虹

庭院内培育的小小曼陀罗如愿树

花开满枝　伸手可摘

我的爱妻视它为宠儿亲子

○夜叉家中

73

我家的池塘

青玉铺成了四围的阶梯

盛开的金莲花

倚托绿琉璃的茎枝

无邪的天鹅在此休憩

尽管玛纳斯湖就在附近

望见你来时也迟迟不愿动身

74

池边有座帝青蓝砌顶的假山

金色的芭蕉环绕周边

朋友啊

眼前丽景正是爱人所钟

看着你云际电闪

回想起家中一切

不由我黯然魂销

75

一株红色的无忧花树

开在鸡冠花篱榭的近旁

它与我一样　身姿摇曳

渴望爱人左脚的踢戏①

---

① 无忧树要美人用左脚踢才会开花。——罗鸿注

另一株可爱的巴祜拉

生在茉莉边上　借口开花结果

亦如我一般想尝爱人的酒香

76

无忧与巴祜拉之间

一座水晶栖枝金紫动人

嵌饰玉石的根基

仿佛新吐的竹青

伴随着爱人击掌　钏镯交鸣

你的密友孔雀应节起舞

夜里休息　就栖止在金枝上

77

朋友啊

请你记住这些标志之物

找到我家

大门上还画着红莲花与海螺

因为我的离去

家中必定黯然

太阳落山后莲花也衰减了容颜

78

到了那儿　你迅速下降

忽然化作小小象形

落座于我之前说过的

帝青蓝砌成的假山顶

你轻轻闪烁的眼神

仿佛颤抖着的一行萤火

收敛了光芒潜入屋中

79

那里　有位美人青春年少

丹唇如熟透的频婆果

贝齿灿然　眼波惊鹿　腰柔脐深

乳房圆满而倾身

丰臀负重而滞行

她众美集成

正是神明抟创女人的原型

80

但是　你将看到沉默中的她

我的第二生命

像夜间的雌轮鸟一般独宿

因为我的离别带给她过多的焦虑

何等的憔悴啊

她备受摧残的容颜

好似霜雪侵袭中的莲池

81

她以泪洗面　眼皮红肿

叹息的热气

厌损了丹唇

我的爱人心事陷落

长发垂散遮住了倦颜

正如明月的辉光

为你所掩

82

你目光所及

她或许准备献祭

或许想象着我

离别后清瘦的模样

或许　询问家中妙声鹦鹉

是否也挂念你

灵鸟啊　你可是主人的爱宠

83

朋友啊

或许她把维纳琴抱在

旧衣蒙尘的怀里

想唱一曲嵌有我名字的歌谣

而泪水却打湿了琴弦

几番调试

竟然忘却了自己谱写的音节

84

或许　她正在门口拣择落花

计算离别后的日子

何时期满

或许正在心里玩味着

想象中的欢聚

煎熬中的妻子

在家里往往如此度日

85

她在白天有事可做

还不至于太难过

怕只怕你的好友　我的爱妻

到了深夜毫无睡意才格外苦涩

请你带去我的消息

停在窗口安慰

贞定专情席地就寝[①]的她

---

① 按照习俗，分别时妻子要睡在地上。——罗鸿注

86

她侧卧在分别后的地榻

相思削弱　分外可怜

仿佛东方天际下弦月的一抹

与我在一起时

刹那度尽的良夜

如今却变得悠长

要以热泪来消磨

87

她灼热叹息的倾吐

损伤了无辜的丹唇

吹拨着散乱在娇面的发卷

因为不用香脂沐浴而粗糙

她渴望入睡

只为了梦中与我相会

可是涌动的泪水却挥之不去

88

离别后的第一天起

她就褪去花环　结起发辫

等到远谪期满

扫尽愁颜的我将亲手松结

而今　她以久未修剪的手指

一次次烦心拨开

垂散到脸面的粗糙的发辫

89

仙露一般的月光

倾照天窗

怀着往昔的爱意

她望月又回头　触目成伤

泪水再次打湿长睫

犹如旱地莲花

在多云的白日收放不定

90

摘下了一切首饰

她辗转反侧于困苦的地榻

如此憔悴　如此强勉着

支撑别离的身体

定会让你也抛洒

新雨织成的泪水

凡心太软的容易激发同情

91

朋友啊兄长

你的女友　我的爱妻

在这样残酷的别离中

定然一往情深

引起我种种的猜测与担心

但绝非我故意渲染　喋喋不休

不久你就会看到诉说中的场景

92

她的双眼已不再涂膏

散乱的发梢遮碍了

眼角生情

因为拒绝饮酒而忘记了

眉目飞动的欢心

当你去时　鹿眼爱人的左眼皮

忽然跳动　妩媚如游鱼惊动的青荷

93

我的指甲爱痕隐然消尽

因为命运的拨弄

体贴的珠络也悄焉脱去

难忘欢爱时的抚摸

她坚实的左腿

宛如丰盈的芭蕉嫩干

在你来时也会微微抽颤

94

如果那时她刚刚入睡

云啊　请你不要响雷

停在身边守护她的幸福

我们将在难得的梦中相会

求你静默一个时辰

别让我从她

紧张的怀抱中忽然分离

95

你用清凉的雨滴

用雨滴冰过的风唤醒茉莉

唤醒梦中的她

她看到藏起闪电的你停在窗口

必定凝视着你的光临

云啊　此时就请你

用雷声对她传话

96

夫人啊　我是载雨之云

是你丈夫的朋友　请你看着我

带着他的嘱托我一路前行

而今就在你的面前

我曾用低沉的雷吟催促

多少急着回家

即将解开妻子发辫的困倦旅人

97

你开口之后

她会像米底拉王的女儿悉达那样

看着风神之子哈奴曼①

她怀抱热望　涌动激情

向你深深地致敬　凝神谛听

朋友啊　对于女人

听到爱人的消息不亚于真的相会

---

① 猴王哈奴曼为悉达带去罗摩的讯息。——罗鸿注

98

长寿吉祥的云啊

带着我的嘱托

成就彼此的功德

请对她说　久别之后

你的爱人在罗摩山静修无恙

他也祝福你平安

遭逢不幸的情人首先如此问慰

99

厄运遮断归途

他在远方满怀希望

任凭憔悴消损

悲怆无地　频频叹息

总之一切都化作泪水

好来配享你的相思宿债

你的仰首低眉　日夜焦虑

100

他想要亲一亲你的脸

在侍女面前他不能

说出那些本该高声

说出的亲昵的话

可现在你听不到也见不到

那一番倾心的私语

只好借由我转达

101

我于白色的芎蔓藤中见到你的身影

于惊鹿的眼里发现你的顾盼

于明月中照见你的面容

于孔雀翎中重抚你的长发

于河水涟漪中挑动你的翠眉

但是爱人啊　莫要发怒

其实没有一样能与你媲美

102

岩石上　我用红垩画出

柔情含怨的你

接着想画出我自己

匍匐在你的脚下求情

可是涌动的泪水已然模糊了双眼

即使在图画里

残酷的命运也不让我靠近你

103

有时在梦里

我确信已经追寻到你

向着虚空伸出了双臂

渴望拥抱不再别离

目睹此景的神灵们

也不禁洒下同情的珠泪

散落在林间叶心

104

南行的风

曾经吹放松木的芽蕾

沾染了松脂的香气

明德的爱妻啊

我暂且拥抱这凉风

它既是从雪山中吹来

定然也拂过你的全身

105

漫漫长夜

如何能缩短为一瞬

明明白昼

如何能争取最低的痛苦

青眼爱人啊

我的心在长久的别离中

濒临绝境　困顿如此

106

但是　我的爱妻啊

你也不必过于伤怀

我虽然相思煎熬

却也能自我释解

所谓乐极生悲　否极泰来

人世的遭遇载沉载浮

正如循环的车轮

107

雨季结束　弓手毗湿奴

从蛇床上起身

我的诅咒就将解除

请你闭上双眼安度

剩下的四个月

我们将在清秋月圆之夜

分享因离别而激增的种种心愿

108

记得还有一次

你拥着我入眠

突然却哭着醒来

我再三追问

你才同时忍住哭与笑说

好个薄情的人啊

梦中你与别的女人纠缠

109

凭这番私语表记

知道我依旧安好

眸子流转的爱人啊

不要相信流言

什么爱情会在离别中渐渐熄灭

其实真爱尽管暂时不能如愿

经过了距离的较量却更有滋味

110

如此这般

安慰了我那独居已久的爱人

请从湿婆神牛翻起的山巅尽快返程

同时也带上她的表记

以及她的万语千言

如今　只有她平安的消息

能够支撑我朝花一样脆微的生命

111

好友啊

你是否愿意为我代行亲友之谊

我猜想你的沉默并非拒绝

正如你总是在无言中带给

等雨燕渴求的雨水

你这成就功德者

同样会达成求告者唯一的心愿

112

无论是出于友情

或者仅仅只是怜悯

你应允了我的恳求施恩传情

吉祥的载雨之云啊

成功之后你四方遨游

带着整个雨季的祝福

与闪电夫人从不离分

后 赞

壬辰初春，偶展迦梨陀娑《云使》罗鸿新译本，梵藏汉对照，注释详尽，允称精善，而玩阅再三，稍恨其译文未尽畅诗人之志。及再读金老旧译，此恨转深，至于徐老以七言迻译，虽老辈遗风，亦难餍当代。勤遂冒天下之名，再逞词笔，历时月馀，反复译读，得诗112首，存其大体，以招迦梨陀娑之魂。虽然，吾人久立巨人之肩，何日敢忘译界导师，完美译稿，仍待来哲。呜呼，诗中夜叉疏忽职守，受罚远谪，相思煎熬，当雨季来临，寄托灵云，千里传语，聊破岑寂；诗人手段折挫情种，千水千山，庄严眷属，心心相印，毕竟难得。我今译竟，忽然无语，且寻院中红白花去也。

2012年5月20日星期日
贾勤于管庄新天地二期1702
其时重理说文新得斋名曰幻予

译文参考

徐梵澄《徐梵澄文集》，上海三联书店，2006年。

迦梨陀娑《迦梨陀娑〈时令之环〉汉藏译注与研究》，罗鸿汉文译注，拉先加藏文译注，中国藏学出版社，2010年。

迦梨陀娑《云使》，罗鸿译，北京大学出版社，2011年。

金克木《金克木集》，生活·读书·新知三联书店，2011年。

萨其仁贵《天竺云韵：〈云使〉蒙古文译本研究》，上海古籍出版社，2018年。

迦梨陀娑《沙恭达罗·云使》，王维克译，四川人民出版社，2021年。

梵语教程参考

A. F. 施坦茨勒《梵文基础读本》，季羡林译，段晴、范慕尤续补，北京大学出版社，2009年。

麦克唐奈《学生梵语语法》，张力生译，商务印书馆，2011年。

梵学读本参考

《梵语文学读本》，黄宝生编著，中国社会科学出版社，2010年。

《梵语诗学论著汇编》，黄宝生编译，中国社会科学出版社，2019年。

下部

卷二

安陀迦颂

［印度］佚名　著

贾勤　译

———— * ————

献给

徐先生梵澄（1909—2000）

序

　　安陀迦（Andhaka），印度教湿婆大神之子，在一片黑暗中随着如雷巨响盲者安陀迦诞生于世。《安陀迦颂》的整理与拟译历经众手，终得现世。诗人蝼冢偶然于北京潘家园淘得古梵文数纸，碎金可怜，古字动人，遂遍邀友朋助译残章，得此数十首，勒为一编，供奉海内知己，不敢自乐私藏负此天书。噫，劫海扬榷，情无所托，安陀迦音，悲悯自运；譬如风吹此世，摇落六尘，至于法唱义宣，理随言灭，再再存存，无所避护也。

庚寅立夏前延安　贾勤
记于北京远洋国际中心 D 座 2303

1

从无限中来的自然将重归无限

从毁灭中诞生的还将促成毁灭

寂天寞地　只有我没有归宿

文字横行的日子里无法纪念你

2

文字横行的日子里何曾有你

我赞美一段无法拥有的过去

否定许诺中的未来　否定思考

手中温暖的爱意传递给谁

3

思考　如果可能

总会以某种致命的悖反成全思考者

他们隐密的冲动酿成悲剧的一生

他们渴求的东西怎能就此终结

4

思考　再次转向
经典纷繁的秩序不在注解中
默许的收留之地究竟在哪里
毫无章法的一生也属于自己

5

试想　我们讨论的东西何其荒谬
如同一个转圈的人想得到直线
如同直线的伸展却被两端牵制
仿佛一个起源论的陷阱

6

你创造欢乐　而我们试图体验
你播撒痛苦　而我们妄想逃脱
一样是你所创造之物
我们为何徒劳地将它划分

7

往世的心灵曾经召唤你

多少清晨惘然地觉醒

你随手指点总是全新的天地

如同集市里的货物买卖常新

8

你不曾允诺一个不朽的肉身

灵的耗散也不能使你忧心

而世人祷告时公开的秘密

无非是要追逐过时的东西

9

就算性命能够延长

三年五载之后同样的问题仍然存在

谁能为自己讨回公道

你当初并无公道的设计

10

我们拥有的时间还不够用来辩护
我们辩护的辞锋也是你所创造
行人匆匆只顾赶路
沉思的力量何其轻狂

11

那无上的弯弓者并无目标
犹如黑暗中的你并无对立者
无所谓创造与毁灭
一切仅仅是你的行走或停留

12

那无上的吹笛者并无表演之欲望
犹如黑暗中的你并无发音之必要
我们索求的东西一旦放弃
感觉自己的容颜都如此陌生

13

当初　多少先知虔诚盥洗
而发动争战者亦于此时出生
黑暗一如往日之降临
此时　赐予生命者静若观水

14

我们就这样唱着歌将生命托付于你
吐不出任何罕见的词汇与你告别
带着某种并不属于个人的成就
奔向虚构的虚空之地

15

我无法回答任何来自人世的问题
你们只需问问自己
风以怎样的速度承受它的载体
人又以怎样的心情来抒展心情

16

我造就的提问方式仍在沿用
而答案却已埋没千年
不能实时的回答等于沉默
随性的提问总是无人回应

17

多少泪水划过人生的虚幕
多少儿女被你滞留在途中
毫无期待的赞颂感人肺腑
还有谁能承诺带我们前行

18

万物各有其言说的方式
我们却困于自身创造的语言
时光飞逝　类的生存尽管繁荣
你所启示的统一难以实现

19

一首无韵的诗歌怎能赞颂
一次无心的问候怎能抵达
深河之水带着平凡的思念
任凭词语的鞭打回到当初

20

生存之序井然　语序堂皇
吾人酒饱饭足　却要思索
如何创造一条属于自己的
不再依赖于你的不归之路

21

更多的人被他们的才能牵制
左右逢源　没有隐退的时候
而死亡会来和他告别
所有的遗憾这时才刚刚开始

22

死亡是唯一能够使人接受的东西
它肯定着虚度一生的爱恨
满足了先人团聚的遗愿
无条件服从仿佛是来自你的一念之差

23

生命何苦来哉　欢乐过于单薄
祝福的钟声才刚刚敲响
步入虚无的脚步就不再停歇
谁曾允诺心不在焉的世界仍属于我

24

历经众手而成的世界也将毁灭
类的种子流转于前所未有的黑暗
你这唯一的倾诉者无忧无虑
置身巅峰　俯察一切

25

贪睡者也要谴责他
沉溺于欲望的潜流之中
沾沾自喜于一个学徒的身份
这份荣耀未曾使他成为智者

26

而智者与学徒本为一体
他们跟随的对象早已确定
高高在上的爱意与慈悲
为他们奏响生命的大音

27

而智者亦不能比学徒更高或更幸福
他们就像初生的兄弟愉快地哭泣
游戏此生　也不忏悔
结局并不能引起更大的惊慌

28

我固然相信每一次裁决中都有你
以至于每一次分手都无可挽留
离别之际总要重新祈祷
但为何人间人还不厌倦人间之事

29

人间事固然千头万绪把握不易
人间人总在探求你在其中的意义
舍我而存者正大光明一派生机
因我而在者渊渊穆穆无从说起

30

今我既来此地　去日未定
我将如何称颂你春光中的柳絮
如何纪念一段属于自己的悲心
此生大错不总是因你而起

31

我承认自己的一生亦是闪电之一种

命运带给我如此多的幻觉

仿佛诸神之间打的一个赌

输赢都与我们无关

32

大江大河并无自己独特的个性

你平和吐纳之际大地也会震动

你不曾有过的怒火只是人类的想象

你随物宛转　本无自性

33

多少尘世的荣光不再

双手合十　亦无法敲响昨日之门

那昏睡者无边无量

仍在扩大自己的队伍

34

今日我不知该将脸朝向何方

东方的光线聚集起来

西方的黑暗也在聚集

俯仰之际　真理再次隐藏

35

我背诵你写下的篇章一如既往

离开尘世的理由不在尘世

信仰你的结果也不在尘世

我背诵累了　也会休息

36

烦恼可比虚空之无边

忧虑无端　你不能指责我们愚蠢

这愚蠢的设计原本出自你手

终有一日　左手创造的被右手摧毁

37

我还不懂得称颂你胸前的宝石
如同单纯的处子不懂得圣洁
等到光明已逝才顿足哭泣
收藏者炫耀的只是语言的奇迹

38

一位乞讨者的尊严已经确立
人间苦乐皆为乞讨所得
历史的尘埃中遍布真火
在你面前　怎能迷信国王与恒河之名

39

此刻　谁的行走不再匆忙
谁就是未来的主人
以一个散步者的势态进入永恒
原谅他极其平凡的一生

40

将属于人类的愚蠢交还给人类
属于你的荣光仍在
全盘否定世界今日之格局
怎能窥探你待物之初衷

41

灾难也是奇迹　当此之时
吾人素所矜持者乃涣然冰释
人世之居何其久也　何其真
而辞别之际并无音乐相送

42

翩翩此世　清浊无定
一任吾人自取众善修饰厥美
你不曾见到的先人已经成功
你不曾拥有的一生万种疏忽

43

人类过早感知的东西也属于你

当太阳还在虚空中燃烧

当火焰之静音遍传大宇

你才迟迟动身　伸出你灵魂的双手

44

你灵魂的双手亦不能获取那非常之物

吾人一行渐远渐穆渐渐无声

吾人未曾祈求汇入沉默之河

而此水唯一　不可替代

45

命运收束于一个完美的瞬间

念念不忘打开与释放

彼此顾忌　选择任何一方

都将是命运安排的旧座

46

性月恒明　智光重朗

吾人期待之时日或许不远

你却无心把玩这最后的时光

你所拥有的并未赐予我们

47

我将在节日里独自退场

过去现在未来我无所求

三生三世　好端端一个我

何曾有丝毫与你对抗的决心

48

吾人虚构童年之光穿越此生

虚构暮年只独的形影仍在追逐

技巧中的一生过于完美

而不朽只是一种合作的方式

49

称颂你的名字　称颂

盲人也不能讲述的世界真空

你的名字照亮往昔与未来

此刻你正思考着是否照亮现在

50

我曾把你的名字写进虚空

我也写下自己的名字而后

又自己抹去　同样的写法

得出一副差异的宇宙图景

51

定命之后　还有什么

再无壮美　亦无未知

凝视远方　一派孤寂

什么样的风吹过此生

52

疾病替代了所有的谎言

而你　安安静静

既不许愿　也不出手

仿佛放贷者一般从容地游走

53

得到的都要归还

疼痛中仍在辨识

孕育图腾的神兽消极隐遁

图腾之美无从说起

54

某个种族的名字一旦赋予

同时就有相应的灾难伴随

穿越之旅的冲动势必落空

回到过去　只有陌生人在哭泣

55

某个国度的毁坏你无力起诉
祭祀的游戏伤害了有灵的牺牲
他们一旦索要梦魂深处的密码
怒放的情欲总是遍及无辜

56

自己的孩子突然笑起来
血脉相连的寓言已经出发
友谊与幸福以及爱情的种种
越过山水　越过万物之巅

57

纵然你隐在歌中　章节繁复
众神的歌唱也将徒劳
吾人厌倦赞颂　厌倦召唤
隐在歌中的你遁去也无人知晓

58

秘源一经揭出却并无半点惊奇
同样是创造的手法　平凡的生活
仍由秘源推动　带着陌生与不堪
带着谜底送走了往世之人

59

以往　我们面向恒河之东
迎来流水所能承载的一切召示
吾人之感慨总在恰当的时候升起
吾人已失去万物　并且仍在失去

60

光明的智者不单单是往世的旅人
他们的旅程如此漫长　甚至从未到达此间
他们一如入世的婆罗门情侣
在破碎的人生中重复献身的仪式

61

赋予万物母亲的形象

然后再从万物中找出自我的影子

独自一人承受隐喻的结果

这就是我们的一生

62

手捧面粉罐的婆罗门使徒

他从未如今日这般大放异彩

今日　他的面粉罐空了

他努力成为一个饥饿经验的匮乏者

63

此世　弥漫着呕吐过后的疲倦

商业信息泛滥无着的术语

而此世同时也是流浪者一再转徙之借力点

生活现场到处可见秘密教会活动的遗迹

64

生活中没有幻觉
这是唯一的遗憾
众人几乎完美
众人皆是一个真理的轮廓

65

放弃了对时尚习俗的依从
放弃了语言游戏　放弃痛苦
他的一生如同神话　但这
的确也是可能的

66

至少　他的呼唤是亲切的
他使用无技巧的对抗
从而终于使时间放弃了他
他不再追问属于自我的奇迹

67

如果此时能够写出一首诗
吾人就又获准回到从前
欢乐伴随痛苦的从前
它的魅力仍在

68

令人惊奇的是告别仍在蔓延
可如今泪水已不能再打湿一个人
泪水甚至不属于它的主人
泪水是纯粹的介入

69

吾人来到晚年
遂能在命运的尽头安心眺望
属于未来的大愿梵行何其多也
而神旨莫测　杜撰难凭

70

放手正是归还

吾人在青年时代曾经起誓

穿越这突如其来的一生吧

朋友总是有的　伴侣却不多

71

室内踱步之人非比寻常

他已从旷野中归来

万象综合　介于有无之间

现在　言说之道即将关闭

72

听道之人在回家的路上想

也许　耳朵带给我们的利益

到此为止　现在

听道者也在室中踱步了

73

使心灵快乐的东西并非心灵
所能创造　心灵亦不因快乐而
停止它能够创造的东西
快乐是双方实实在在的允诺

74

无爱之人也曾悄然泪下
无援之手无源之水也曾用来譬喻道
智者转述了智慧的轮廓
但未曾讲出所有的细节

75

或短或长　等待是远方的事
盲目的行动者不能缩短这距离
称王爱智者略能领会其中之象
远方是一个遍布平均的概念

76

适应永恒黑暗的目盲者
如何描述此世的离别
盲者所保持的与黑暗一致的倾向
成就与此适应的盲文

77

但盲者未曾轻慢有声之诗
来自黑暗的声音胜过光明
聋哑者与此相反　他们发明
手语　指天划地彼此依恋

78

父亲为何发怒
哪一种文体触怒了他
文法一坏　祖国何存
吾人之新生即是毁灭

79

吾人一旦与某种文体交通

即能抵达生存的巅峰

同时面临语言的贿赂

善恶的辨别将更为艰难

80

风雨同舟之外　操持语言者

将承担真正的厌倦与腐朽

不单单有来自永恒的诘难

永恒也即将成为厌倦的主题

81

以恒河之名起誓者

非愚即妄　恒河流逝不已

以你之名　也是如此

两岸之人信仰过于急切

82

你若低头　走在回家的路上
披荆斩棘也是有福的
你若深入黑暗而称颂
你将结识一个光明的自身

83

跛一足者自信另一足仍为奇迹
此种奇迹时常构成对跛足者之冷嘲
既然信仰如同黑幕
观众与演员如何划分

84

全足之人复有疑义可参
足之为足　足也不足
尔时我足将足将不足
皆不足以语此足与不足

85

啊　你的名字错落人间
交给一段无名隐藏的历史
须知怀玉之人何等难寻
更比你造玉偶然万分

86

回想怀玉的一生多么无谓
踱步之人与你共济倾斜的晨夕
而星宿零落　归于何所
浑天宣夜之说感通无门

87

卫星三千　依天不践
吾人宣讲跋涉之苦
似与彼端争持不下
毕竟不是赞颂的正途

88

今日主宰何在　今日
怀玉之人过早的觉醒
一如当初过早的沉醉
言下两端颇有悔义难说

89

我怜悯这失去同伴的真理爱好者
如今　天幕低垂
此人越过情欲的荒原
怀抱何等的希望侧耳谛听

90

上升和下降之物出自一手
存与毁　怜悯与爱源于一人
大难过后　智慧并未增进
侥幸铺就的仅仅是语言之路

91

盲者与人争执虚空的定义

祈祷的歌声仍然动听

他却不满于听觉的误导

守候无人允诺的光明

92

他怀疑并无一人看到此世

并无博大光明照应诸端

否则歌声为何忧伤

那歌人也始终不肯吐露名姓

93

歌声远矣　莲花开彻

地狱中的虚空视听都绝

吾人称颂彼岸坚固

迄今不曾有人攻破

94

善逝者从不骄傲
他的朋友仍在与饥饿对抗
吾人怀念那战斗的日子
因胜利无望而成就彼此

95

一旦分别袈裟的颜色
修行之路就已断绝
沉默如今失去了力量
生活不能借助语言逞强

96

生活日渐荒芜
你们崇拜的太阳竟然只是燃烧的气体
生活始终是黑暗降临之前的事业
是大光明借力转徙之所

后　赞

读者与作者从作品中得到
的安慰究竟有限
有些讲稿与诗篇突然中断
往往也是恰当的
你用同样的手法创造万物
让秩序在慢的前提下运行
而人类却偏要赶在前头
带回一捆过时的答卷
神的笔迹何去何从
翻译者用心良苦究竟有无回报
信仰的路程如此漫长又如此短暂
即使于天启的梦境中也见不到你

三思而后，吾人是否返回翻译？对黑暗大神安陀迦的赞颂由来已久，这部《安陀迦颂》只是劫波相随之一小波而已，而这组赞歌本身已经残缺，想弄清楚它到底有多少首也是徒劳。现在能够看到的这些即如同奥义、吠陀般古拙清秘，我的拟译只是在摸索神义与训启当中的一次试验，结果喜人，竟得96首。

令人惭愧的是，古梵希音，我译之时，并无净友督励，亦未能向当世梵学大师请教，故而它在现代汉语诗中的形象未能臻于美善之圣境，现在想来，非常鲁莽，难辞其咎。然回首当日笔译，于原文反复按誊之后，倒也是灵光所在，一闪念成，并不修改；譬如闪存之存，六如楚楚可怜，纸中真火乃赫然而出矣，这番译境在我平生写作中倒也不曾有过。

绝迹易，无行地难。谨以此稿献给我最敬慕的梵澄老。九灵三途，有情如故，我诗岂浪掷哉。噫，岂浪掷哉。

2010年9月5日于绍兴旅次赞记

时寓居越城区寺池27号1幢304室

2011年8月19日于延安三相斋重校

2014年3月26日于北京香堂转繁再校

云使之歌
YUNSHI ZHI GE

图书在版编目（CIP）数据

云使之歌 /（印）迦梨陀娑等著；贾勤译. --桂林：广西师范大学出版社，2022.12
（梵澄译丛 / 闻中主编）
ISBN 978-7-5598-5514-5

Ⅰ. ①云… Ⅱ. ①迦… ②贾… Ⅲ. ①诗集－印度－古代 Ⅳ. ①I351.22

中国版本图书馆CIP数据核字（2022）第194165号

广西师范大学出版社出版发行
广西桂林市五里店路9号　邮政编码：541004
网址：http://www.bbtpress.com
出版人：黄轩庄
全国新华书店经销
湛江南华印务有限公司印刷
广东省湛江市霞山区绿塘路61号　邮政编码：524002
开本：710 mm × 960 mm　1/16
印张：7.25　字数：25千
2022年12月第1版　2022年12月第1次印刷
印数：0 001~5 200册　定价：36.00元

如发现印装质量问题，影响阅读，请与出版社发行部门联系调换。